01
SCÉNARIO
ARATA MIYATSUKI
DESSIN
MOTOI TANAKA
DEATH
GAME
VEGA
DUPUIS

SOMMAIRE

CHAPITRE 1

※NDT : 8e PÉNITENCIER DU KANTO.

ONT QUITTÉ LA PRISON SOUS LES YEUX ÉBAHIS DE LEURS GARDIENS !!

AHHH
SSSSH
QUELQUES MOIS PLUS TÔT
CLANG
ガチャ
CLANG
ガチャ
606
WATARU KUSUNOKI, DÉTENU N° 606
CONDAMNÉ À LA RÉCLUSION
À PERPÉTUITÉ POUR MEURTRE

SBLAAAANG
!!
SPAF
PLORSH
OUPS, PAS DE BOBOS ?
HEIN, KUSUNOKI ? LE MEC QUI A TUÉ SA COPINE. ♥
...
MASATO HIDA, DÉTENU N° 997
CONDAMNÉ À 12 ANS DE PRISON POUR CAMBRIOLAGE AVEC COUPS ET BLESSURES

C'EST QUOI, CE REGARD ?!
PAF
PAF
PAF
TU TE CROIS DIFFÉRENT DE NOUS, PEUT-ÊTRE ?! BEN, T'AS RAISON !
ON EST PAS PAREILS QUE TOI !
NOUS, ON EST PAS DES BRUTES QUI S'AMUSENT À PLANTER LEUR MEUF À COUPS DE COUTEAU ! ET EX-FLIC, EN PLUS !
TOUS CES CADAVRES QUE T'AS VUS SUR LES LIEUX DU CRIME T'ONT DONNÉ ENVIE, C'EST ÇA ?
T'AURAIS PAS VIOLÉ TA COPINE APRÈS L'AVOIR TUÉE ?
OUAH HA HA HA !!

CHOP
OUH LÀ !
HIIIIII !
AU SECOURS,
M'SIEURS
LES GARDIENS !
PF!!!
HÉ ! ÇA
SUFFIT !
ÉLOIGNE-
TOI DE
LUI, 606 !
PF!!!
VIENS
PAR
ICI !
TSS !

?!
TAP
TAP
ATTENDEZ...
VOUS M'EMMENEZ OÙ ?
TAP
TAP
L'ISOLEMENT, CE N'EST PAS PAR...
LE DIRECTEUR A DEUX MOTS À TE DIRE.
LE DIRECTEUR ?
DIRECTION

GUIIII...
VOUS VOILÀ...
KYÔHEI MINEZAKI, DIRECTEUR DU 8E PÉNITENCIER DU KANTO
DIRECTEUR KYÔHEI MINEZAKI
QU'EST-CE QUE...
VOUS ME VOULEZ ?
CLAC
WATARU KUSUNOKI, 27 ANS...
JEUNE POLICIER PROMU INSPECTEUR DU DÉPARTEMENT INVESTIGATION. CONDAMNÉ POUR MEURTRE APRÈS AVOIR FRAPPÉ...
SA FIANCÉE DE PLUS DE 20 COUPS DE COUTEAU.
RÉCLUSION À PERPÉTUITÉ
EN VERTU DES PREUVES APPORTÉES CI-DESSOUS
XPLICATIONS DONNÉES À L'OFFICIER
E DOSSIER DE L'ENQUÊTE
S AVEUX ÉTANT
ET...
DONC ?
VOUS PERSISTEZ À CLAMER VOTRE INNOCENCE ?
!

VOUS AIMERIEZ SORTIR D'ICI...
POUR TROUVER LE VÉRITABLE MEURTRIER ET PROUVER VOTRE INNOCENCE...
JE ME TROMPE ?
POURQUOI...
VOUS ME DITES UNE CHOSE PAREILLE ?
PARCE QUE C'EST AUJOURD-D'HUI DU DOMAINE DU POSSI-BLE.
!!
À UNE CONDITION, CEPENDANT...

fSSSSSH
C'EST ÇA, LA BARAQUE DONT A PARLÉ LE DIRECTEUR ?
ON DIRAIT.

ON VA LOGER LÀ TOUS LES QUINZE JUSQU'AU 1ER DÉCEMBRE...
AVEC UNE MISSION À RÉALISER PAR JOUR...
C'EST CRADE !
TROIS MOIS À 15 MECS, ICI ?
SUPER ...
TU PRÉFÈRES RETOURNER EN TAULE, PEUT-ÊTRE ?
NON... PAS VRAIMENT...
HÉ, J'AI FAIM... COMMENT ON VA FAIRE, POUR LA BOUFFE ?
ON N'A PAS D'ARGENT...

IL VA FALLOIR TROUVER DU BOULOT...
!
REI JINNAI, DÉTENU N° 230
CONDAMNÉ À 10 ANS DE PRISON
POUR ESCROQUERIE
CECI DIT, ON EST CENSÉS ÊTRE EN PRISON. ILS NOUS ONT LAISSÉ...
POUSSER LES CHEVEUX POUR PASSER INAPERÇUS, MAIS...
SANS PIÈCE D'IDENTITÉ, SE DÉGOTER UN TRAVAIL SERA COMPLIQUÉ.
DU BOULOT...
LE BAPTÊME DU FEU DU MONDE EXTÉRIEUR...
...
FSSSSH
NATSUMI... JE...

L'INCARNATION DE LA JUSTICE !
PAR-DON ?
C'EST CE QUE JE VOIS EN TOI, KUSUNOKI.
INTRANSI-GEANT FACE AU MAL.
PERFEC-TIONNISTE, ET ÉPRIS D'UNE JUSTICE IMPLA-CABLE !
KOBAN
C'EST PLUTÔT NORMAL POUR UN POLICIER, NON ?
E POLICE QUARTIER GARE
J'IMAGINE QUE ÇA NE TE VAUT PAS QUE DES ÉLOGES.
MAIS, CE MÉLANGE D'INFLEXI-BILITÉ ET DE MALADRESSE N'EST PAS...

POUR ME DÉPLAIRE.
HI HI
J'AVOUE QU'À NOTRE PREMIÈRE RENCONTRE...
J'AI TROUVÉ NATSUMI PLUTÔT DÉSAGRÉABLE. MAIS CETTE CHALEUR HUMAINE...
QU'ELLE AVAIT ET QUI ME FAISAIT DÉFAUT A FINI PAR ME TOUCHER.
ET FINALEMENT, JE SUIS TOMBÉ AMOUREUX D'ELLE.
EUH... HUM...
VEUX-TU... M'ÉPOUSER ?
AVEC JOIE...
MONSIEUR L'INCARNATION DE LA JUSTICE !
ET POURTANT...

NOTRE BONHEUR A SOUDAIN...
VOLÉ EN ÉCLATS.
ALORS QU'ELLE DORMAIT À MES CÔTÉS...
JE L'AI DÉCOUVERTE MORTE, BAIGNANT DANS UNE MARE DE SANG.
ET JE TENAIS...
UN COUTEAU À LA MAIN, SANS COMPRENDRE CE QU'IL FAISAIT LÀ.
AUSSITÔT ARRÊTÉ...
警視庁
POLICE

J'AI NIÉ FAROUCHEMENT LUI AVOIR FAIT DU MAL.
AU DÉBUT, MES COLLÈGUES M'ONT APPORTÉ LEUR SOUTIEN, MAIS L'ENQUÊTE PIÉTINANT...
ILS ONT COMMENCÉ À DOUTER.
NE SOIS PAS LÂCHE, KUSUNOKI !! C'EST HONTEUX...
EN TANT QUE POLICIER !!
PLAM !!
TOUTES LES PREUVES SONT CONTRE TOI, VOYONS !!
OCCUPANT POUR LA PREMIÈRE FOIS LA PLACE DE SUSPECT...
MENTIR T'ENFONCE !
TU ES UN MEURTRIER !
J'AI VÉCU LA MARCHE FORCÉE JUSQU'AUX AVEUX :
PENSE À TA FAMILLE !
SI TU N'AVOUES PAS, C'EST LA PEINE CAPITALE !
AVOUE !
MENACES, PRESSIONS, LAVAGE DE CERVEAU...
TU NE POURRAS PAS EN RÉCHAPPER !
RECONNAIS QUE TU L'AS TUÉE !
C'EST TOI ! QUI D'AUTRE ?
DIS-LE, KUSUNOKI !
...

MAIS J'AI TENU BON !!
CE N'EST PAS MOI !
J'IGNORE QUI A FAIT ÇA, MAIS JE N'Y SUIS POUR RIEN !!
PLUSIEURS FOIS, UN DÉMON M'A CHUCHOTÉ À L'OREILLE...
DE DIRE QUE J'ÉTAIS COUPABLE POUR OBTENIR UNE RÉDUCTION DE PEINE.
MAIS EN TANT QUE POLICIER...
JE N'AI PAS PU ME RÉSOUDRE À MENTIR.
MON PROCÈS A ALORS PRIS LA PIRE TOURNURE QUI SOIT.
ET FINALEMENT...
WATARU KUSUNOKI, VOUS ÊTES CONDAMNÉ À LA RÉCLUSION CRIMINELLE À PERPÉTUITÉ !
...

FSSSH
JE NE L'AI PAS TUÉE ! ET PENDANT QUE JE MOISIS ICI...
L'ASSASSIN DE NATSUMI, LUI...
COULE DES JOURS TRANQUILLES, BIEN AU CHAUD...
CRIC
HÉ, ON EST DANS LA MOUISE.
NOUS ZAPPE PAS, LE FLIC !
LE DIRECTEUR T'A NOMMÉ CHEF !
ALORS, BOUGE-TOI POUR NOUS TROUVER DU FRIC !
OK ?!
...
CHOP
QU'EST-CE QUI TE PREND ?!
T'AS TOUJOURS PAS CAPTÉ QU'ON DÉTESTE LES KEUFS, NOUS AUTRES ?!
ET SI JE ME METS À GENOUX, TU SERAS CONTENT ?
?!

IL VA FALLOIR TE CONTENTER DE ÇA, MON VIEUX ! PARCE QUE JAMAIS JE NE SACRIFIERAI MES PRINCIPES, SURTOUT POUR UN MEC COMME TOI...
ET TANT PIS SI JE DOIS EN CREVER !
OUAH
SUPER ! DANS CE CAS, C'EST SIMPLE...
HA
JE VAIS TE BUT...
HA
HA
HA
TU FAIS TROP DE BRUIT, HIDA !
GLOUPS
!

DEMAIN, ON VA DEVOIR...
SE BATTRE POUR SAUVER NOTRE PEAU...
SHINOBU SAGAWA, DÉTENU N° 592
CONDAMNÉ À LA RÉCLUSION
À PERPÉTUITÉ POUR MEURTRE
JE SUIS FATIGUÉ !
SI TU CONTINUES À JACASSER, ALORS...
OK, JE... J'ARRÊTE...
DÉSOLÉ, SAGAWA...
TSS... PAUVRE TYPE !
...
« SE BATTRE »...
FSSSH

LE LENDEMAIN ...
CUI チュン
CUI チュン
NOUS AVONS FORMÉ DES BINÔMES POUR SILLONNER LA VILLE...
DANS LE BUT DE REMPLIR...
NOTRE MISSION DU JOUR.
!

VROOOO...
...
HAA...
T'AS REPÉRÉ LA VIEILLE, KUSUNOKI ?
GLOUPS...
OUI...
C'EST CE QU'IL NOUS FAUT...
LA CIBLE IDÉALE !
TING

ON Y VA, YAMASHITA !
SHOF
MAIS...
OH... NON...
MA... MA VA...
HOP
!!

MAIS ENFIN...
QU'EST-CE...
QUE VOUS F...
STAP
SKRISSSH
AH ?
TOF

ニコッ
HMM
AH...
ブオオオ
VROOO
ブォォオォ
VROOO
AAH...

COMME C'EST GENTIL À VOUS...
MERCI BEAUCOUP, JEUNES GENS !
ÇA M'A BIEN AIDÉE. CETTE VALISE EST VRAIMENT TRÈS LOURDE, ET TOUS CES FEUX...
ET MES JAMBES QUI ME JOUENT DES TOURS, AVEC L'ÂGE... JE N'OSAIS PAS TRAVERSER.
CRIIIIII
UNE TELLE PRÉVENANCE À L'ÉGARD D'UNE VIEILLE DAME...
CROYEZ-MOI, ÇA FAIT DRÔLEMENT PLAISIR !
IIIISH

GZ
AAARGH !!
HÉ ?
MAIS ...
ÇA NE VA PAS ?
TITITIIING
ピロリロリンッ
BEAU TRAVAIL !
!

DÉTENU N° 606
WATARU KUSUNOKI
DÉTENU N° 339
KIMIHIKO YAMASHITA
MISSION DU JOUR ACCOMPLIE
STING !
HAA
HAA
HAA
HAA
HAA
HAA
KUSUNOKI… ON DIRAIT QUE… ON A RÉUSSI…
OUI…
DÉTENU N° 606
WATARU KUSUNOKI
DÉTENU N° 339
KIMIHIKO YAMASHITA
MISSION DU JOUR ACCOMPLIE
NOTRE OBLIGATION DE CHAQUE JOUR EST LA SUIVANTE : UNE BONNE ACTION IMPOSÉE À 15 CRIMINELS.
MAIS RIEN DE GRATUIT, DANS CETTE HISTOIRE…

UNE BONNE ACTION...
PAR JOUR ?
C'EST UN NOUVEAU PROGRAMME TECHNOLOGIQUE DÉVELOPPÉ PAR LE GOUVERNEMENT. SON BUT EST...
DE RÉINTÉGRER LES CRIMINELS DANS LA SOCIÉTÉ. NOTRE ÉTABLISSE-MENT A L'HONNEUR D'AVOIR ÉTÉ CHOISI POUR MENER L'EXPÉRIENCE.
606
UNE PUCE ÉLECTRONIQUE CONNECTÉE À L'I.A. VA ÊTRE IMPLANTÉE DANS LE CERVEAU DES COBAYES HUMAINS.
L'I.A. VA COLLECTER ET ANALYSER LES ACTES DES COBAYES, AINSI QUE LES RÉACTIONS DES AUTRES PERSONNES.
C'EST AUSSI ELLE QUI DÉCIDERA SI L'ACTE EN QUESTION A REÇU UN REMERCIEMENT VALIDE OU NON.

LE CHOIX S'EST PORTÉ SUR 15 DÉTENUS CONDAMNÉS À PLUS DE 10 ANS DE PRISON. DES CRIMINELS ENDURCIS, DONC.
VOUS FORMEREZ UNE ÉQUIPE.
IL FAUDRA QU'AU MOINS L'UN D'ENTRE VOUS REÇOIVE UN REMERCIEMENT D'UNE PERSONNE EXTÉRIEURE PAR JOUR…
ET CELA PENDANT TROIS MOIS. SI L'ÉQUIPE REMPLIT SA MISSION, LE PROGRAMME SERA UN SUCCÈS !
LES DÉTENUS SERONT ALORS GRACIÉS ET…
À VOUS LA LIBERTÉ !
ÊTRE REMERCIÉ UNE FOIS PAR JOUR ?
ET… C'EST TOUT ?

DIDIDIM
DIDIDIM
DIDIDIM
!
C'EST JINNAI.
ON DIRAIT QUE VOUS AVEZ RÉUSSI...
DÉTENU N° 606
WATARU KUSUNOKI
DÉTENU N° 339
KIMIHIKO YAMASHITA
MISSION DU JOUR
ACCOMPLIE
606
OUI...
À PEU PRÈS...
JE ME DEMANDE SI LA MÉMÉ...
ARRIVERA À TRACTER SA VALISE JUSQU'À CHEZ ELLE...
C'EST DRÔLE... ELLE M'A FAIT PENSER À MA MÈRE...
DU COUP, J'ÉTAIS SINCÈRE, TOUT À L'HEURE...
HEIN ?
TU AS TUÉ...
TON PÈRE, C'EST ÇA ?
OUI...

J'AI TUÉ...
CET ENFOIRÉ QUI PASSAIT SON TEMPS À BATTRE MA MÈRE...
ET JE REGRETTE RIEN.
MAIS DU COUP, ELLE SE RETROUVE SEULE...
ALORS QU'ELLE EST EN MAUVAISE SANTÉ. JE SUIS PAS TRÈS MALIN...
CRRR
ET JE SAIS RIEN FAIRE DE SPÉCIAL. J'AI PAS ÉTÉ...
UN TRÈS BON FILS POUR ELLE...
MAIS J'AIMERAIS ME RATTRAPER... ET SURTOUT, POUVOIR PRENDRE SOIN D'ELLE, APRÈS TOUT CE QU'ELLE A FAIT POUR MOI !

C'EST POUR ÇA QUE JE SUIS LÀ...
POUR SORTIR LE PLUS VITE POSSIBLE.
...
SÉRIEUX, FAIRE UN TRUC SYMPA PAR JOUR...
C'EST PLUTÔT FASTOCHE, NON ?
パッ SAP
OUI... TU AS RAISON...
RÉINSERTION
339
YAMASHITA
606
KUSUNOKI
GPS 35° 43
ON VA Y ARRIVER, MEC !
« FASTOCHE » ?

HIDA !
KUSUNOKI A PASSÉ LE TEST HAUT LA MAIN !
PEUH ! EN TANT QUE CHEF...
IL A INTÉRÊT À ASSURER...
EN MONTRANT L'EXEMPLE, HEIN !
EUH... T'ES SÛR QU'ON PEUT ? ÇA CRAINT PAS ?
ON A FAIM, NON ? ON EST PAS...
DES ERMITES QUI ATTEN-DENT DE CREVER LA DALLE !
CHOP
SAF
HÉ...
DITES DONC, MESSIEURS...
QU'EST-CE QUE VOUS FAITES ?!
TOP

BLAM
OUPS...
MERDE...
C'EST VRAI QUE ÇA PARAÎT « FASTOCHE »...
MAIS ATTENTION AUX CONDITIONS IMPOSÉES PAR LE PROGRAMME.
SI AUCUN GESTE BIENVEILLANT N'A ÉTÉ ACCOMPLI AVANT LA FIN DU JOUR...
BIIIIP BIIIIP
!

ALERTE
BIIIP
OU QUE L'I.A. A IDENTIFIÉ UN ACTE…
CONSIDÉRÉ COMME « CRIMINEL »…
?!
MAIS…
ACTE CRIMINEL DÉTECTÉ
ANCEMENT
BIIIIP
LANCEMENT ROULETTE SANCTION

230
ROULETTE SANCTION
144
102
635
879
879
297
À CHAQUE FAUX PAS, C'EST LA RESPONSABILITÉ DE TOUS QUI EST ENGAGÉE...
592
228
836
102
082

144
997
635
ET L'UN DES 15...
339
464
910
606
EST DÉSIGNÉ AU HASARD POUR...
BIP...
339

OUAAAAAA
ARRRRGH
!
BON SANG !
RHAAAA
YAMA-SHITA ?!
RHAAAA
SLIC
FLUF

SSSH
FSSSSSH
BLORP...
SSH
BLORP...
BRK
AH...
GAA-AH...
BRR
YAMA-SHITA !
ACCROCHE-TOI !
BRRR

MOURIR !
YAMA-SHITA…
PFF… QUELLE BANDE D'IMBÉCILES !
BIEN SÛR QUE POUR QUELQU'UN DE NORMAL, NE PAS FAIRE DE VAGUES…
ET RECEVOIR LA RECONNAISSANCE D'AUTRUI EST CHOSE AISÉE…

MAIS PAS POUR LA LIE DE L'HUMANITÉ !
CES TYPES SONT TOUS L'INCARNATION DU MAL !
LES REBUTS DE LA SOCIÉTÉ !
DES CAFARDS DONT LA VIE NE VAUT RIEN !!
TOUT DE MÊME, YAMASHITA NE...
VOUS N'ÊTES PAS D'ACCORD, SONEHARA ?!
SI... BIEN SÛR.
JE PRÉFÈRE ÇA.

ALLEZ-Y, LES VERMINES ! SURPRENEZ-MOI !
SI VOUS RÉUSSISSEZ CETTE ÉPREUVE…
ALORS, VOUS DEVIENDREZ PEUT-ÊTRE ENFIN…
DES ÊTRES HUMAINS !

DEATH GAME

DEATH
GAME

ACTE CRIMINEL DÉTECTÉ
LANCEMENT ROULETTE SANCTION
BIIP
BIIP
CHAPITRE 2
BIIP
BIIP
ROULETTE SANCTION
144
02
635
879
QUELLE BANDE...
D'IMBÉCILES !
UNE BONNE ACTION PAR JOUR...
TELLE EST VOTRE MISSION !
MAIS MÊME UNE FOIS CELLE-CI REMPLIE...
AU MOINDRE FAUX PAS...

339
STING !
VOTRE SORT SE JOUERA...
À LA ROULETTE RUSSE...
ENVOYANT L'UN DE VOUS À LA MORT !

YA... YAMA-SHITA !!
ACCROCHE-TOI !
YAMASHI-TAAA !!
OH NON...
!
BEAU TRAVAIL !
...
...
!
EUH... CE JEUNE HOMME NE SE SENT PAS BIEN ?

STAP...
?!
VOUS PERMETTEZ ?
MAIS...
HMM... UN MALAISE, SANS DOUTE.
PARDON ?
CERTAINEMENT, AVEC CETTE CHALEUR...
MAIS... HÉ !
SHOF
NOUS ALLONS LE METTRE À L'OMBRE, POUR QU'IL PRENNE UN PEU LE FRAIS.

CLEANING TADOKORO
ON S'OCCUPE DU CORPS.
RENTRE SANS FAIRE D'ESCLANDRE, WATARU KUSUNOKI !
!!
CLEA
CL
VOUS DEVEZ TOUS ÊTRE PRÉSENTS…
MISSION DU JOUR ACCOMPLIE
JUSQU'AU PROCHAIN APPEL
02:45:52
POUR L'APPEL DE 3 HEURES APRÈS CHAQUE MISSION, HISTOIRE DE LIMITER LES ENVIES DE FUITE.
CECI DIT, FUIR EST…
RIGOUREU-SEMENT IMPOSSIBLE.
CLEAN
VOUS AUTRES…
REBUTS DE LA SOCIÉTÉ, POURREZ GAGNER VOTRE LIBERTÉ…
BZZ…

SI VOUS PARVENEZ À RÉALISER...
UNE BONNE ACTION PAR JOUR...
BIP
PENDANT TROIS MOIS D'AFFILÉE !
DONC CES PROPOS DU DIREC-TEUR...
CE N'ÉTAIT PAS DU BLUFF DESTINÉ À NOUS FAIRE PEUR...

ON RISQUE NOTRE VIE...
EN ÉCHANGE D'UN ESPOIR DE LIBERTÉ !!

C'EST BON...
ON SE CALME...
HIDA...
CE QUE TU AS FAIT EST IMMONDE !
TU LE SAVAIS, POURTANT ! ON NE DOIT COMMETRE AUCUN ACTE CRIMINEL OU MÊME VIOLENT !
ÇA VA, SI JE M'EXCUSE ?
TU TE FICHES DE QUI ?!
TES EXCUSES SONT LOIN D'ÊTRE SUFFISANTES !!

DANS CE CAS... FRAPPE-MOI, SI ÇA TE CHANTE.
ビクッ
!
MAIS BON, OUBLIE PAS QUE SI TU TE DÉFOULES SUR MOI...
ÇA POURRAIT RELANCER LA ROULETTE RUSSE, PAS VRAI ?
GH...
...

SPAF
A...
ARIMURA !
YAMASHITA A TUÉ SON PÈRE POUR PROTÉGER SA MÈRE !
PAF
C'ÉTAIT PAS...
UNE MAUVAISE PERSONNE !!
PAM

ARRÊTE, ARIMURA !!
MAIS À CAUSE DE TOI...
CHOP !
ÇA VA DÉCLENCHER...
LA ROULETTE !!

...
SILENCE...

EUH...
ELLE BOUGE PAS ?
GNI HI HI... ON DIRAIT QUE...
ÇA COMPTE PAS, DE SE TAPER DESSUS ENTRE NOUS !

EH BEN, J'VAIS PAS ME GÊNER, MOI !
SBAF
ÇA SUFFIT, HIDA !!
TU VEUX QU'ON TE TUE, MA PAROLE ?!
ARRÊTEZ, LES GARS !!
TA GUEULE ! C'EST PAS TES OIGNONS, LE FLIC !
OUAIS, AMENEZ-VOUS... QUE JE VOUS BUTE TOUS !
SLIC
SRASH

FLAAAP
OH...
DU FRIC ?

*NDT : ENVIRON 630 EUROS.

COMMENT JE POURRAIS VOUS FAIRE CONFIANCE ?
VOUS ÊTES TOUS... DES CRIMINELS...
HA !
VOUS ENTENDEZ ÇA ? C'EST LA PREUVE...
QUE CE TYPE NOUS MÉPRISE !
BAM
DU COUP, IL A VOULU SE GARDER LE FRIC POUR LUI TOUT SEUL !
NON ! CE N'EST PAS...
TA GUEULE !!

T'AS INTÉRÊT À PAS OUBLIER, KUSUNOKI...
QU'ICI, C'EST TOI, L'ANCIEN FLIC...
DONT TOUT LE MONDE SE MÉFIE LE PLUS !
...
ON SE TAPE DÉJÀ SUR LES NERFS...
C'EST MAL BARRÉ POUR ALLER AU BOUT DU PROGRAMME...
!!

SI TOUT EST FICHU, ALORS AUTANT M'AMUSER UN PEU...
EN VOUS ÉCLATANT GENTIMENT LA TRONCHE !
...
OK.
ON ARRÊTE DE SE FRITER ET ON SE SERRE LES COUDES.
ET POUR COMMENCER, ON PARTAGE LA THUNE !
TIENS ! 100 000 YENS POUR TOI !
MAIS...
EUH... MOI AUSSI ?

M...
MERCI...
!
C'EST BIEN ÇA, KATÔ !
TU PEUX RÉPÉTER, MON GRAND ?
HEIN ? AH...
EUH... MERCI...
EN VOILÀ, UNE BONNE IDÉE ! JE PARIE QU'EN SE REMERCIANT...
LES UNS LES AUTRES UNE FOIS PAR JOUR...
ÇA NOUS VAUDRA UNE...

...
SILENCE...
ON DIRAIT QUE ÇA MARCHE PAS...
SALETÉ !
DONC L'I.A. NE TIENT COMPTE NI DE LA BIENVEILLANCE, NI DE LA VIOLENCE...
QUI SE PRODUISENT ENTRE NOUS.
LA BONNE ACTION, C'EST FORCÉMENT AVEC QUELQU'UN DE L'EXTÉRIEUR...
J'ARRÊTE !
?!

J'EN AI MARRE DE CETTE ÉPREUVE DE MERDE !
RIEN À FOUTRE, DE FAIRE LE BIEN AUTOUR DE MOI !
HÉ, KODAMA ! AVEC CE FRIC, ON A DE QUOI SE FAIRE PLAISIR ! ON BOUGE ?
MAIS...
A... ATTENDS !
BON COURAGE, LES MECS !
METTEZ-Y DU CŒUR, HEIN, POUR SAUVER MA JOLIE PETITE GUEULE !

MAIS ENFIN... HIDAAA !
TU... TU RIGOLES, OU QUOI ?! T'AS PAS LE DROIT DE...
AU MOINS...
SON CHOIX EST EXTRÊMEMENT INTELLIGENT.
HEIN ?
GH...
ズシ...
LA RESPONSABILITÉ SOLIDAIRE PEUT FAVORISER CELUI QUI LAISSE TOMBER.
ÇA PARAÎT SUICIDAIRE, MAIS C'EST PARFOIS LA MEILLEURE OPTION POUR S'EN TIRER.

*NDT : JEU OÙ DEUX CONDUCTEURS DE VOITURE FONCENT L'UN VERS L'AUTRE ET OÙ LE COMPORTEMENT DE CHACUN DÉPEND DE CELUI DE SON ADVERSAIRE.

PAREIL !
TAP
MOI AUSSI !
TAP
MAIS… HÉ, LES GARS ! ATTENDEZ !!
JINNAI, T'AURAIS PAS DÛ LA RAMENER ! ÇA DIVISE ENCORE PLUS NOS CAMARADES !
FHU HU HU
JE ME SUIS CONTENTÉ D'ÉNONCER UN FAIT OBJECTIF !
« NOS CAMARADES » ?
DE QUOI TU PARLES ?
KKH
!

JE NE VOIS QUE DES DÉCHETS HUMAINS, ICI...
DES TYPES QUI ONT FUI LEUR EXISTENCE ET SONT TOMBÉS BIEN BAS !
JAMAIS ON NE SE COMPORTERA COMME DES GENS NORMAUX !
...
C'EST BON...
!
JE M'EN CHARGE TOUT SEUL !

ÇA IRA… CETTE MISSION N'EST PAS SI DIFFICILE, ENFIN !
DANS LE MONDE EXTÉRIEUR, ON TROUVE PARTOUT DE LA BONTÉ ET…
DE LA RECONNAISSANCE…
BZZ… ジ…
BZZ ジ
ATTENDS, KUSUNOKI !
KUSUNOKI !
« PARTOUT » ? VRAIMENT ?

2 SEPTEMBRE - DEUXIÈME JOUR D'ÉPREUVE

6 HEURES.
1 RAYON FEMMES
2 COSMÉTIQUE / MAROQUINERIE
3 RAYON HOMMES
4 PLEIN AIR
5 CUISINE / ENTRETIEN
6 ÉLECTRO-MÉNAGER
8 RAYON - ENFANTS
10
...
HMM
チラ
EUH...
AHEM...
VOUS ALLEZ À QUEL ÉTAGE ?
...
CINQUIÈME ...
D'ACCORD...
TIP...
CINQUIÈME ÉTAGE...

…
EUH… J'AI APPUYÉ…
SUR LE 5… POUR VOUS…
?
OUI…
IL ME DIT MÊME PAS « MERCI » ?!
!!
TSS
ガタ
GATANG
ガタン
GATANG

19 H 27
ガタン…
GATANG…
ガタン…
GATANG…
4 HEURES AVANT LE DÉCLENCHEMENT DE LA ROULETTE.
…
HUM
チラ…
ÇA VA MARCHER !
FUT
サッ…
VOUS VOULEZ …
VOUS AS-SEOIR ?
!

OH… NON MERCI…
JE DESCENDS BIENTÔT…
COMMENT ÇA, « NON MERCI » ?! CE N'EST PAS CE QUE J'ATTENDS !
ASSEYEZ-VOUS, ENFIN !
HIII !
QU'EST-CE QUI SE PASSE ?
BLA
UN PROBLÈME ?
BLA
!
BON SANG…
À CE COMPTE-LÀ…

CÔTE
9F
KARAOKÉ BIG
8F
CLUB Rose
7F
6
JE VOUS REMERCIE, DE M'AVOIR CHOISIE !
JE M'APPELLE KASUMI, POUR VOUS SERVIR !
?
...
HMM...
TOUJOURS RIEN...

HÉ HÉ HÉ… SACRÉMENT CRUELLE…
CETTE INTELLIGENCE ARTIFICIELLE…
?
ELLE DÉTECTE AUCUN SENTIMENT DE RECONNAISSANCE MALGRÉ TON GRAND SOURIRE…
HM ? VOUS PARLEZ DE QUOI ?
わHA はHA はHA
EN MÊME TEMPS, C'EST NORMAL !
BAH, ON S'EN COGNE !
SERS-MOI À BOIRE !
OUAAAIS
TIC
TIC

…
SAF
キョロ
100円 SHOP
TIC
PLUS QUE 2 HEURES ET AUCUN DE NOUS…
N'A RÉUSSI À DÉCROCHER UN « MERCI » !
TIC
KUSUNOKI ! REGARDE !
AH !
?!
!!

YAMASHITA ET TOI, VOUS ÉTIEZ DANS CE GENRE...
DE SITUATION, HIER, NON ?
ON TENTE LE COUP ?
ON Y VA !
STAP
ダッ
MONSIEUR ? VOUS ÊTES BIEN CHARGÉ !
ON PEUT VOUS AIDER À TRAVERSER LA RUE ?
HEIN ?

TAP
VENEZ, JE VOUS GUIDE.
OH...
UN SIMPLE « MERCI »...
EXPRIMANT UNE RECONNAISSANCE SINCÈRE...
J'AI CRU QUE CE SERAIT CHOSE FACILE, COMME CES CAILLOUX...
QUI REPOSENT PAR TERRE ET QU'ON TROUVE RIEN QU'EN SE BAISSANT...
SPOF...

POURTANT...
M...
MERCI BIEN...
!!
À PRÉSENT, JE ME DEMANDE...

MISSION DU JOUR
0
SI J'AVAIS JAMAIS REÇU, JUSQU'ICI...
LE MOINDRE SIGNE DE RÉELLE GRATITUDE.
1 HEURE ET 50 MINUTES AVANT LE DÉCLENCHEMENT DE LA ROULETTE.

DEATH
GAME

DEATH
GAME

JE CROYAIS QUE CETTE ÉPREUVE...
M...
MERCI BIEN...
...
SERAIT...
FACILE...
POURTANT...
MISSION DU JOUR
0
DIDIDIM
!

CHAPITRE 3

KUSUNOKI !
C'EST JINNAI ! IL NOUS RESTE MOINS DE 2 HEURES !
RIEN DE NEUF, DE NOTRE CÔTÉ.
ET VOUS, ÇA AVANCE ?
...
PAS VRAIMENT...
JE VOIS...
ÇA NE S'EST PAS...
PASSÉ COMME HIER, C'EST ÇA ?
HMM... PEUT-ÊTRE QUE LE VIEUX D'AUJOURD'HUI N'A PAS APPRÉCIÉ VOTRE GESTE, TOUT BÊTEMENT...
VENEZ, JE VOUS GUIDE.
OH...
À TON AVIS...
SUR QUELS CRITÈRES SE FONDE L'I.A. ?

JE ME DEMANDE SI...
DEPUIS LE DÉBUT, ON N'AURAIT PAS OUBLIÉ L'ESSENTIEL...
PARDON ?
JE ME SUIS BEAUCOUP INTÉRESSÉ À LA PSYCHOLOGIE POUR RÉUSSIR MES ARNAQUES.
J'AI APPRIS QU'IL Y AVAIT QUATRE CONDITIONS À REMPLIR...
POUR QU'UN ÊTRE HUMAIN ÉPROUVE DE LA GRATITUDE ENVERS AUTRUI.
D'ABORD, CE QU'IL REÇOIT EN BÉNÉFICE...
PUIS CE QUE ÇA COÛTE À L'AUTRE...
ENSUITE, LA SPONTANÉITÉ DE L'ACTE...
ET ENFIN...
!

CABINET MÉDICAL TAKAYAMA
LÀ... MAIS OUI !!
STAP
ダッ
?!
MIURA ?
HÉ, MADAME ! VOUS ALLEZ BIEN ?
JE...
HAA
FH
FH
J'AI MAL...
J'AI OUBLIÉ... MON MÉDICA-MENT...
FH
FH

CABINET MÉDICAL TAKAYAMA
NE BOUGEZ PAS ! J'APPELLE UNE AMBULANCE !
JINNAI ! RESTE AVEC ELLE !
CLIC
ガチャ
ÇA Y EST !!
CETTE VIEILLE VA...
ME COUVRIR DE REMERCIEMENTS !!

BONJOUR, UNE VIEILLE DAME EST EN TRAIN DE FAIRE UN MALAISE AU…
…
…
AMBUL
4F
東京消防庁
RAVI QUE CE NE SOIT…
PAS GRAVE, MADAME.
!
SAT

JE VOUS REMERCIE...
DU FOND DU CŒUR...
OU...
OUAIIIIIS !!
C'EST BON ! ON EST TIRÉS D'AFF...
?
BRR カチ
BRR カチ
MISSION DU JOUR
0
BRR カチ
M... MAIS...

NOM D'UN CHIEN, C'EST PAS VRAI ?!
J'AI TOUT FAIT COMME IL FALLAIT, POURQUOI ÇA NE MARCHE PAS ?!
?!
BRR
AAAH !
LA VIEILLE ! RÉPÈTE CE QUE TU VIENS DE DIRE ! EN MIEUX !
HI !
HÉ ! QU'EST-CE QUI VOUS PREND ?
C'EST BIEN ÇA… PLUS DE DOUTE…
HEIN ?
LA QUATRIÈME ET DERNIÈRE CONDITION À REMPLIR…
POUR ÉPROUVER …
DE LA RECONNAISSANCE, C'EST…

QUE L'AUTRE SOIT MOTIVÉ PAR...
L'ALTRUISME ET LA SINCÉRITÉ !
!
LE... L'ALTRU-QUOI ?
IL PARLE DE QUOI, LÀ ?
LE SIMPLE FAIT D'OBTENIR UN « MERCI »...
NE SUFFIT PAS À FAIRE DE NOS GESTES DE BONNES ACTIONS.

L'I.A. NE CONSIDÈRE PAS NOS ACTES COMME TELLES…
SI ON NE LES FAIT…
QUE POUR GAGNER QUELQUE CHOSE EN RETOUR !
CRR ガラ CRR ガラ…
OH NON !
ATTENDS, JINNAI ! HIER, J'AI RÉUSSI, POURTANT ! ET J'AVAIS LA MÊME MOTIVATION…
QUE MIURA AUJOURD'HUI, À SAVOIR JUSTE RÉUSSIR L'ÉPREUVE…
ET YAMASHITA ?

HA
!!
MAIS OUI... YAMASHITA... IL M'A PARLÉ DE...
C'EST DRÔLE... ELLE M'A FAIT PENSER À MA MÈRE...
DU COUP, J'ÉTAIS SINCÈRE, TOUT À L'HEURE...
ÇA VEUT DIRE QUE...
C'EST GRÂCE À YAMASHITA QU'ON A RÉUSSI LA MISSION !
GNIP...
MOI, PAR CONTRE...
JE N'AI ÉPROUVÉ AUCUN SENTIMENT DE CE GENRE !

NATSUMI... AIDE-MOI, S'IL TE PLAÎT... MONTRE-MOI CE QUE C'EST, LA BONTÉ ET LA GRATITUDE...
COMMENT M'Y PRENDRE ? COMMENT ÊTRE SINCÈRE ?
CHAMBRES À LOUER 24
3F
...
C'EST BIENTÔT L'HEURE.
TIC
TIC
TIC
JE SENS...
23:15

※BONNE ACTION.

ÇA ALORS...
HIDA ?!
SALUT ...
ÇA DOIT BIEN FAIRE DEUX ANS...
HEIN, YURI ?
QU'EST-CE QUE TU FAIS ICI ? LA POLICE NE T'AVAIT PAS...
BEN, TU VOIS, JE SUIS DE RETOUR DE L'ENFER !
COMMENT ÇA VA, DE TON CÔTÉ ?
ON DIRAIT QUE T'ES PAS MORTE, TOI NON PLUS.
FUT...

PAR CONTRE, T'AS PAS ARRÊTÉ DE TE COUPER...
T'AS VÉCU DES TRUCS MOCHES, ENTRE-TEMPS ?
...
JE ME SUIS FAIT LARGUER... ET IL EST PARTI AVEC MON ARGENT...
HA HA
T'APPRENDRAS DONC JAMAIS !
ENFIN... JE SUIS MAL PLACÉ POUR TE FAIRE LA MORALE...
AH OUI ? POURQUOI ?
SI TU SAVAIS... IL S'EN EST PASSÉ, DES CHOSES !

ÇA ME GAVERAIT DE CREVER COMME ÇA.
EN MÊME TEMPS, JE ME SENS BIEN PAUMÉ...
...
BREF, D'UN COUP, JE ME SUIS SOUVENU DE TOI ET...
J'AI VOULU TE REVOIR, AVANT LA FIN...
MOI ? MAIS POURQUOI ?
FFFH...
T'AS SÛREMENT OUBLIÉ...

LA DERNIÈRE FOIS QU'ON A COUCHÉ ENSEMBLE...
C'ÉTAIT JUSTE AVANT DE ME FAIRE COFFRER.
J'AVAIS TOUT PERDU...
Te mettre au monde a été la plus grosse erreur de ma vie. Pardonne-moi. Ta maman
J'ÉTAIS VRAIMENT AU BOUT DU ROULEAU.
PEUT-ÊTRE QUE...
T'AS CAPTÉ CE QUE JE TRAVERSAIS. T'AS DIT...
FAIS-MOI SIGNE QUAND TU VOUDRAS MOURIR.

JE TE FERAI TOUT CE DONT…
TU N'AS JAMAIS OSÉ RÊVER.
J'IGNORE POURQUOI TU M'AS SORTI UN TRUC PAREIL, MAIS EN TOUT CAS…
TES MOTS ONT CONTINUÉ…
À ME TROTTER DANS LA TÊTE, DURANT TOUT CE TEMPS…
VOILÀ POURQUOI JE T'AI FAIT VENIR !
ALORS, FAIS-TOI PLAIZ', AVEC TES TRUCS DE OUF !
GNÉ
… MERCI …
GNIP
HM ?

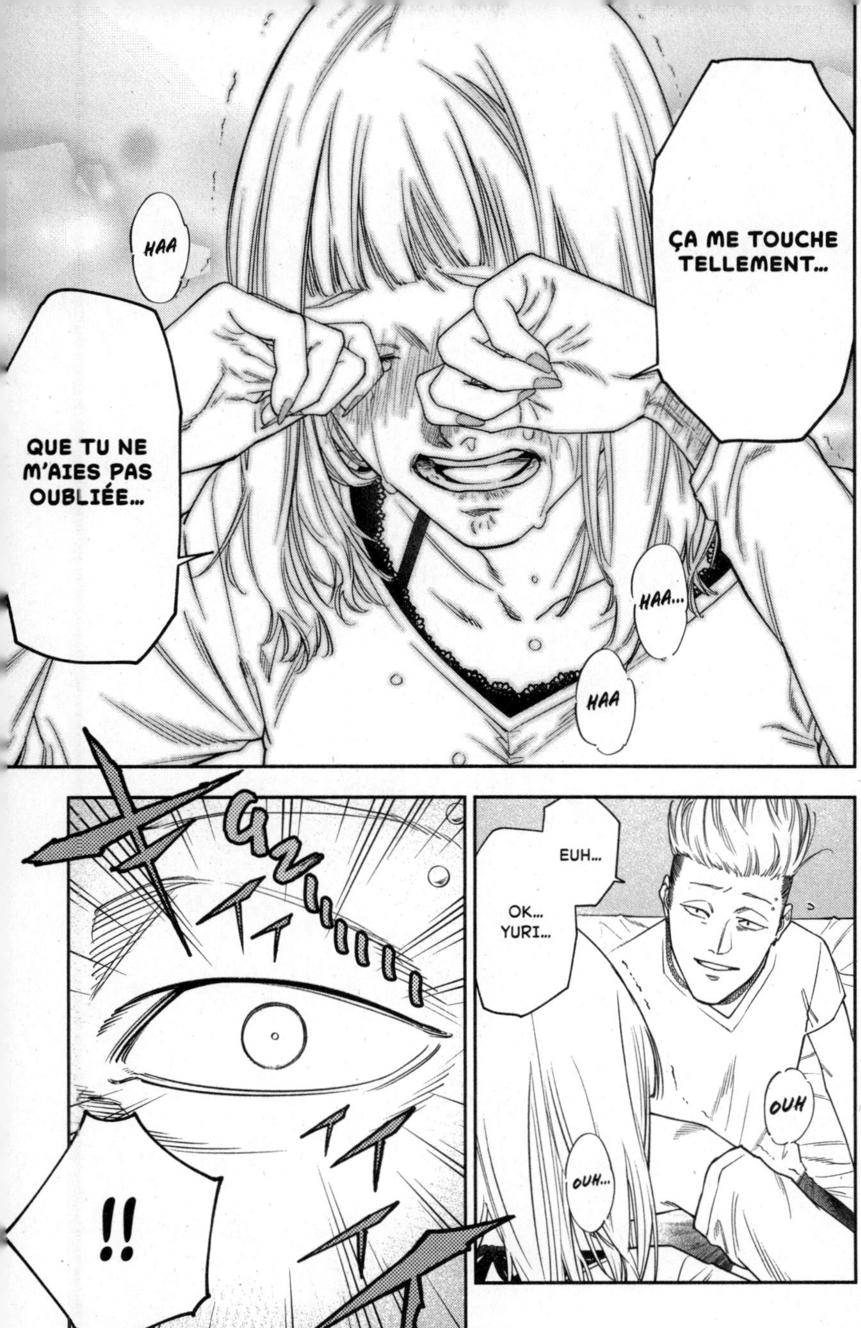
ÇA ME TOUCHE TELLEMENT...
HAA
QUE TU NE M'AIES PAS OUBLIÉE...
HAA...
HAA
EUH...
OK... YURI...
OUH
OUH...
!!

OUAAAAAAARGH
HI… HIDA ?!
GGGGGG
QU'EST-CE QUI T'ARRIVE ?! RÉPONDS-MOI !
AAAH
NON… NON…
C'EST PAS CROYABLE…

DÉTENU N° 997
MASATO HIDA
MISSION DU JOUR
ACCOMPLIE
BEAU TRAVAIL !
J'HALLUCINE ...
HAA
HAA
MAIS ENFIN, HIDA...
HAA
YURI ÉPROUVE DE LA GRATITUDE...
ENCORE UN JOUR DE PASSÉ... PLUS QUESTION DE MOURIR, POUR LE MOMENT...
QU'EST-CE QU'IL Y A, HIDA ? ÇA VA ?!
OUAIS... T'INQUIÈTE ...
ENVERS MOI ? MAIS POUR QUELLE RAISON ?

J'AI EU PEUR...
J'AI CRU QUE TU ALLAIS MOURIR TOUT SEUL, SANS MOI...
...
HEIN ?
COMMENT ÇA... « MOURIR SANS TOI » ?
JE SAIS QUE TU NE ME LÂCHERAS PAS...
COMME TU M'AS FAIT VENIR EXPRÈS !
MERCI BEAUCOUP, HIDA... AVANT DE MOURIR...
COMME PROMIS, JE VAIS TE FAIRE TOUTES SORTES DE CHOSES...

HÉ… MINUTE !
SHAF
!
T'AS CRU QUE J'ALLAIS ME TUER AVEC TOI…
ET C'EST POUR ÇA QUE TU M'AS REMERCIÉ ?
BIEN SÛR ! QUELLE QUESTION !
TANT QU'ON EST ENSEMBLE, LE SUICIDE…
NE ME FAIT PLUS PEUR…
FUT
A… ARRÊTE …

T'APPROCHE PAS DE MOI ! TOUT À L'HEURE, C'ÉTAIT JUSTE...
BAF
UN PÉTAGE DE PLOMBS ! J'AI AUCUNE INTENTION DE ME TUER, MOI !
FFH
FFH
AH...
BAM
MEEERDE !

BIIIP
BIIIP
HI !
BIIIP
BIIIP
NON ! ATTENDS, SALETÉ D'I.A. ! C'EST PAS...
CE QUE TU CROIS ! CETTE FOLLE ALLAIT ME TUER !
ACTE CRIMINEL DÉTECTÉ
LANCEMENT ROULETTE SANCTION
J'AVAIS PAS LE CHOIX...
BIIIP
ARRÊTE, ENFOIRÉE DE MACHINE !!
STO...
STII...
082

AAAAAARGH
M…
MIURA !
OH… NON…
POUR… QUOI… MOI ?
NON… JE VEUX… PAS…
PAS… MOU…
MOU… RIR…
…
PLAMF
JE… SUIS…
VIVANT…

CE N'EST PAS SYMPA...
FUT...
J'ÉTAIS SI HEU-REUSE...
TU M'AS MENTI...
TU M'AS MENTI...
SLOKF
SALAUD !
YU...

BRRR
NOM...
D'UN CHIEN ! TU ME REMERCIES PARCE QUE TU CROIS QUE JE VEUX CREVER AVEC TOI...
ET APRÈS, TU TE PLANTES ?! MAIS ÇA A AUCUN SENS !!
BRRR
BRRR
BRRR
BONNES ACTIONS ...
DE MERDE !
FAIT CHIER !!
HÉ HÉ... PAUVRE PETITE FRAPPE...
FWIP
DEUX JOURS ET IL CRAQUE DÉJÀ... BIEN !
IL EST TEMPS DE PASSER AUX CHOSES SÉRIEUSES !

CHAPITRE 4
...
DIRE QUE C'EST HIDA...
QUI A BOUCLÉ LA MISSION DU JOUR...
OUAIS... DIFFICILE À CROIRE.

SÉRIEUX, COMMENT CE SALE TYPE...
A RÉUSSI À SE FAIRE APPRÉCIER ?!
SHI... SHIKISHIMA... PARLE PAS COMME ÇA, S'IL TE...
LA FERME ! T'AS INTÉRÊT À TE TAIRE, SALE PORC !!
...
OUI, MONSIEUR LE DIRECTEUR...
TOM
NOTRE ÉQUIPE DE RAMASSAGE EST SUR PLACE.
TOM
NOUS NOUS CHARGEONS DE LA SUICIDÉE.

SHRR
QUELLE IDIOTE, CETTE NANA...
COMMENT ELLE A PU S'ACCROCHER À UN MEC PAREIL ?
SHRR
CE TYPE PORTE LA POISSE...
OU PLUTÔT ...
C'EST LA MORT QU'IL TRIMBALLE ET QU'IL RÉPAND...
TOUT AUTOUR DE LUI...
...
SAT
TOF
RACONTE, HIDA.
!
COMMENT TU T'Y ES PRIS, AU JUSTE ?

NOUS, ON A MARCHÉ TOUTE LA JOURNÉE, RENCONTRÉ PLEIN DE GENS...
ET PAS UN « MERCI » ! C'EST QUOI, TA TECHNIQUE ?
S'IL TE PLAÎT, PARLE ! J'AI UNE FEMME ET UN GOSSE QUI M'ATTENDENT DEHORS !!
JE NE PEUX PAS ME PERMETTRE DE CREVER ICI SANS MÊME COMPRENDRE CE QUI SE PASSE !!
T'ÉTAIS DANS UN BAR À HÔTESSES ET T'AS FAIT VENIR UNE CALL-GIRL...
HA
UNE CALL ...
HI... HIDA ! TU AS DÉPENSÉ...
TON FRIC POUR COUCHER AVEC UNE FEMME ?!
SHAF

GRR
HÉ !
SBAF
A… ARRÊTE, HIDA !
CA… CALME-TOI, MEC !
…
PFURK
ARGH…

HIDA !
ガラッ
SHAC
IL N'A PAS L'AIR TRÈS FIER DE SON SUCCÈS...
CE QUI VEUT DIRE QUE CE N'ÉTAIT SANS DOUTE PAS INTENTIONNEL.
LA CLÉ DE LA RÉUSSITE EST PEUT-ÊTRE DE FAIRE LE BIEN SANS ATTENDRE DE RECONNAISSANCE EN RETOUR.
CE QUI EST ASSEZ DÉSESPÉRANT, POUR UN ARNAQUEUR COMME MOI...

DE TOUTE FAÇON...
IL FAUT QU'ON Y RETOURNE...
ON N'A PLUS LE DROIT...
DE SE RETIRER DU JEU !
...
GH... HA...
ヨロ...
SST...
RESTE ICI, NOJIMA.
TU AS BESOIN DE REPOS.

IL A ACHETÉ UNE NANA AVEC CET ARGENT...
BOBOM
BOBOM...
BOBOM...
A...
ATTENDS-MOI, HIDA !
HAA
HAA
LÂCHE-MOI, KODAMA.
SE BALADER AVEC LA MORT VA T'ATTIRER QUE DES ENNUIS...
ME BALADER AVEC LA MORT ?
DE QUOI TU PARLES ?

POUR MOI, TU ES PLUTÔT…
UNE SORTE DE DIEU !
HEIN ?
JE SUIS… GROS, LENT… PAS TRÈS MALIN…
RUSH !
ON S'EST TOUJOURS MOQUÉ DE MOI. À L'ÉCOLE, ON ME SURNOMMAIT « COCHON D'INDE ».
T'INQUIÈTE, JE TE RENDRAI DEUX FOIS, TON BLÉ !
UN POTE M'A ARNAQUÉ ET JE ME SUIS RETROUVÉ ENDETTÉ…
FLAP

ET J'AI PÉTÉ LES PLOMBS.
JE L'AI TUÉ.
J'AI PRIS L'ARGENT ET JE ME SUIS ENFUI...
MAIS JE ME SUIS VITE FAIT ATTRAPER.
EN PRISON, C'ÉTAIT...
LE MÊME ENFER QU'AVANT.
AUCUN MOMENT DE RÉPIT, JAMAIS...
SALUT.
KODAMA, C'EST ÇA ?

TU VEUX…
TE BARRER D'ICI, AVEC MOI ?
ET PUIS, T'ES VENU ET TU M'AS CHOISI.
TU M'AS ACCEPTÉ, MOI…
ÇA M'A FAIT TROP PLAISIR.
JE POURRAI JAMAIS TE REMERCIER ASSEZ.
AVEC CETTE NOUVELLE CHANCE QUE TU M'AS DONNÉE…
…
JE ME SENS PRÊT À TOUT REPRENDRE À ZÉRO.

LA FERME !!
GRIP
?!
JE VOULAIS JUSTE UN ACOLYTE NEUNEU ET BALOURD...
POUR ME MARRER QUAND JE M'ENNUIERAIS TROP !
JE T'AI PAS « ACCEPTÉ », NI FILÉ DE SECONDE CHANCE...
OU TOUS CES TRUCS À LA CON !
PUSH
HIDA...
ET TOI...
TU VEUX ME REMERCIER ? PAUV' MALADE !

« LA MORT », HEIN ?! ÇA ME VA TRÈS BIEN !
JE SUIS FONCIÈREMENT MAUVAIS !
JE SUIS QU'UNE ORDURE DONT IL FAUT SE DÉBARRASSER !!
LES REMERCIEMENTS... LA BONTÉ...
DIRE « MERCI »
JE M'EN CONTREFOUS !!
PAF
PLIC
PLIC
FSSSSSH
W.-C.
HAA...
HAA...
HAA...

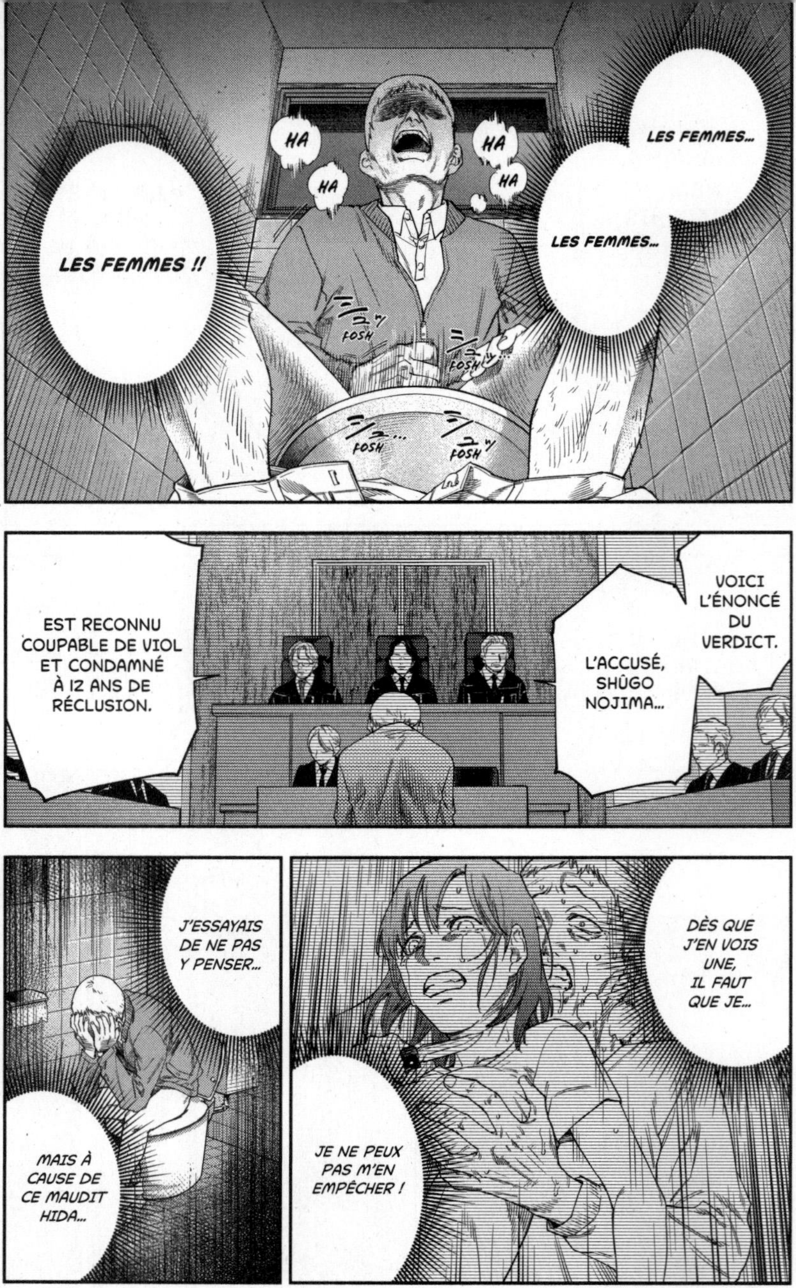
HA
HA
HA
HA
LES FEMMES...
LES FEMMES...
LES FEMMES !!
FOSH
FOSH
FOSH
FOSH
VOICI L'ÉNONCÉ DU VERDICT.
L'ACCUSÉ, SHÛGO NOJIMA...
EST RECONNU COUPABLE DE VIOL ET CONDAMNÉ À 12 ANS DE RÉCLUSION.
DÈS QUE J'EN VOIS UNE, IL FAUT QUE JE...
JE NE PEUX PAS M'EN EMPÊCHER !
J'ESSAYAIS DE NE PAS Y PENSER...
MAIS À CAUSE DE CE MAUDIT HIDA...

ピンポーン
SALETÉ !
ピンポーン
?!
CLAC
ガチャ…
QUI INSISTE…
ピンポーン
SSST…
COMME ÇA ?

AH... BONJOUUUR !
...
JE TRAVAILLE POUR UNE COMPAGNIE D'ASSURANCE-VIE DU QUARTIER, VOUS AVEZ UNE MINUTE ?
J'AIMERAIS VOUS PRÉSENTER NOS DERNIÈRES OFFRES.

BOBOM
BOBOM…
DÉSOLÉE, JE SUIS TOUTE MOUILLÉE… J'AI OUBLIÉ MON PARAPLUIE AU BUREAU…
ÇA NE VOUS GÊNE PAS…
QU'ON DISCUTE À L'INTÉRIEUR ? AVEC CETTE PLUIE QUI VOUS TREMPE EN UNE SECONDE…
SDLURP
SACRÉE AVERSE…
SHSSS
ON FAIT UNE PAUSE ?

FLASH
パッ
!
BIIIP
ビーッ
BIIIP
ビーッ
BIIIP
ビーッ
BIIIP
ビーッ
MAIS...
ENCORE ?!
QUI A DÉRAPÉ, CETTE FOIS ?!
BIIIP
ビーッ
DÉTECTÉ
LANCEMENT
ROU' ETTE SANCTION
ビーッ
BIIIP

297
GNIII !
OH NON ! STOP !
635
879
PITIÉ !
JE VEUX PAS MOURIR !!
144
LOSTING
836"

BOUAAAAAH
OH NON...
OH NON...
POURQUOI TOI ?!
LA MORT !
FRR
T...
TANT... MIEUX...
HEIN ?
FRR
FRR

FRR...
JE... SUIS... CONTENT...
QUE... CE... SOIT... PAS... TOI...
FRR...
BEAU TRAVAIL !
HEEEIN ?
TA GUEUUULE !!
ENFOIRÉE DE MACHINE !!
SSSHAC
MAIS...

NON...
BON SANG !!
NOJIMA ! QU'EST-CE QUE...
TU AS FOUTU ?!
BRR
C'EST DE SA FAUTE, À HIDA...
BRR
À CAUSE DE LUI, J'AI EU ENVIE DE...
MADEMOI-SELLE, VOUS ÊTES BLESSÉE ?
...

ÉPARGNÉ PAR LA ROULETTE…
ON S'EN SORT BIEN, À CE QUE JE VOIS…
KUSUNOKI.
PARDON ?
ON SE CONNAÎT ?
ALORS, KUSUNOKI, HEUREUX ?
CECI EST UN PETIT CADEAU DE MA PART…
J'ESPÈRE QU'IL VOUS PLAIRA !

COUCOU...
JE TENAIS À TE REMERCIER... TU AS ÉTÉ SI GENTIL, AVEC MA SŒUR...
LA PETITE SŒUR DE NATSUMI...
KAEDE ?!

CHAPITRE 5

EUH... JE SUIS KAEDE... JE...
EN... CHANTÉE...
ELLE EST MIGNONNE, HEIN ?
C'EST MA PETITE SŒUR CHÉRIE ! ELLE VEUT DEVENIR PUÉRICUL-TRICE...
EN CRÈCHE ! C'EST ÇA ?
OUI...
ELLES ONT PERDU LEURS PARENTS TRÈS JEUNES.
DEPUIS, NATSUMI A TOUJOURS VEILLÉ SUR SA SŒUR.
AH...
EUH...
KAEDE SEMBLAIT NE VOULOIR QU'UNE CHOSE : LE BONHEUR DE SON AÎNÉE.

LAISSEZ-MOI M'OCCUPER...
DE VOTRE BÉBÉ QUAND IL SERA NÉ !
PFAH
OUH LÀ...
KOF
ゲホ
KOF
ゲホ
OUPS !
NE VA PAS TROP VITE EN BESOGNE !
P... PARDON !
HA HA HA HA HA...
QUE
QU'EST-CE QUE...
TU FAIS ICI ?
MOI ?

C'EST ÉVIDENT, NON ?
JE SUIS VENUE...
M'OCCUPER DE TOI, KUSUNOKI !
HIC
BONJOUR, MESSIEURS. JE ME PRÉSENTE : KAEDE YÛKI, NOMMÉE COORDINATRICE DE CETTE MISSION...
PAR LE DIRECTEUR DU 8E PÉNITENCIER DU KANTO.
AU MOINDRE PROBLÈME, N'HÉSITEZ PAS À VENIR ME VOIR !
UNE COORDINATRICE ?
NOMMÉE PAR LE DIRECTEUR ?
FUT...
TU... TU M'AS PIÉGÉ !
TU M'AS MENTI SUR TON IDENTITÉ...
ET TU AS FAIT EXPRÈS DE...

BLAM !!
JE SUIS COORDINATRICE, OUI. JE SUIS LÀ POUR VOUS AIDER...
ET ÉCOUTER LE MOINDRE DE VOS DÉSIRS, MÊME CEUX D'ORDRE SEXUEL.
ON RETENTE LE COUP, PÉPÉ ?
JE VOIS QUE MÊME ÉCRABOUILLÉ, ON MATE ENCORE SOUS MA JUPE !
VOUS AUSSI, SI LA TENTATION EST TROP GRANDE...
VOUS POUVEZ TRÈS BIEN ME SAUTER DESSUS, SACHANT QUE...

ÇA TUERA L'UN D'ENTRE VOUS !
K...
KAEDE ...
OUPS, PARDON ! OK, REVENONS À L'ESSENTIEL ! EN TANT QUE COORDINATRICE...
PAMF
GH !
JE VOUS AI DÉGOTÉ UN BOULOT, À VOUS AUTRES, LES RACLURES !
« LES... RACLURES » ?
UN TRAVAIL ? POUR NOUS ?

OUI ! UN JOB PAYÉ AU JOUR LE JOUR.
UNE FOIS QUE TOUTES LES RACLURES SERONT DE RETOUR AU BERCAIL…
ON VOUS Y CONDUIRA EN BUS, ET VOUS COMMENCEREZ DÈS L'AUBE POUR Y PASSER LA JOURNÉE.
VROOO…
L'USINE ÉTANT IMPLANTÉE DANS LA RÉGION DE HOKURIKU, LE TRAJET PREND ENVIRON 5 HEURES.
DE QUOI PERMETTRE AUX RACLURES QUE VOUS ÊTES DE VOUS REPOSER UN PEU.
A… ATTENDEZ… 5 HEURES DE TRAJET ?
ÇA VA NOUS BOUFFER TOUT NOTRE TEMPS !
MAIS OUI ! COMMENT ON VA FAIRE, POUR LA BONNE ACTION ?!

RASSUREZ-VOUS ! CHAQUE DÉCÈS LIÉ À LA ROULETTE…
SERA CONSIDÉRÉ COMME UNE B.A. !
ズル SSK…
POUR AUJOURD'HUI LE COMPTE EST BON, PUISQU'UNE **RACLURE** EST MORTE ET A ÉTÉ ÉVACUÉE.
DONC MÊME SI VOUS AVEZ ZAPPÉ VOTRE MISSION…
NORMALEMENT, LA ROULETTE QUI SE DÉCLENCHE EN CAS D'ÉCHEC NE DEVRAIT PAS FONCTIONNER.
ズル… SSK…
« NORMALEMENT » ?
ピク… HUM !…
ALLEZ, TOUT LE MONDE DANS LE BUS !

PSST
ボソ
JE VAIS VENGER MA SŒUR.
CROIS-MOI… TU VAS PAYER !
…
CUI
チュン
CUI
チュン…
ALIMENTATION

BONJOUR, NOUS SOMMES LE « 8 STAFF », L'ENTREPRISE INTÉRIMAIRE !
VOICI LES RACLURES QUI... PARDON, LES COURAGEUX TRAVAILLEURS VENUS EN RENFORT !
MERCI. POUVEZ-VOUS LES RÉPARTIR DANS CHAQUE SERVICE, S'IL VOUS PLAÎT ?
BIEN SÛR !
PRIORITÉ À LA SÉCURITÉ !
...
CE BOULOT ...
NOUS PÉNALISE ...
FFH...
LA SÉCURITÉ D'ABORD
NE DÉLÉGUEZ PAS, FAITES VOUS-MÊME
IL VA BIEN FALLOIR QUE QUELQU'UN...
SE CHARGE DE LA BONNE ACTION DU JOUR...
OU ON EST MAL...
SALUEZ-VOUS

EH OUI... ÇA VEUT DIRE TRAQUER EN PERMANENCE...
L'ACTION OU LA PERSONNE QUI POURRAIT NOUS VALOIR UN « MERCI »...
OU NOUS EN GRATIFIER...
TIENS ? IL Y EN A, DES RATÉS, AUJOURD'HUI.
LES CAGETTES D'INSPECTION SONT DÉJÀ PLEINES.
!
PARDON...
VOULEZ-VOUS QUE...

UNE SECONDE... CE SERVICE QUE JE VEUX LUI RENDRE...
EST-CE UNIQUEMENT DANS SON INTÉRÊT ?
NON... CE N'EST PAS LE CAS !
EN MÊME TEMPS, JE NE VOIS PAS COMMENT...
EFFACER L'IDÉE DE ME MONTRER SERVIABLE !
SALUT ! OH, C'EST PLEIN. MERCI POUR TA VIGILANCE ! J'APPORTE DE NOUVELLES CAGETTES.
AH, CHEF ! MERCI BEAUCOUP !
ZUT !

KUSUNOKI... ON PEUT SE VOIR UNE MINUTE ?
ス... SST...
!
BON SANG !
COMMENT FAIRE ?
KAEDE A PEUT-ÊTRE RAISON, QUAND ELLE ME TRAITE DE RACLURE...
IMPOSSIBLE DE ME MONTRER GENTIL SANS D'ABORD PENSER À SAUVER MA TÊTE !
ガシャ... FROSH
LE SECRET, C'EST D'AGIR D'INSTINCT.
PARDON ?

LA PHRASE DU MOIS :
SOUTENONS-NOUS GRÂCE À L'ESPRIT D'ÉQUIPE !
IL FAUT AGIR SANS RÉFLÉCHIR...
SANS PENSER À SOI...
À CE QU'ON Y GAGNERAIT, OU MÊME À AUTRUI.
TU AS...
UN PLAN ?
J'AI COMPRIS UNE CHOSE...
SUR LES CRITÈRES DE L'I.A. ...
ELLE NE PÉNALISE PAS NÉCESSAIREMENT TOUTES LES ERREURS.
À MON AVIS, UNE LÉGÈRE ERREUR PENDANT LE TRAVAIL NE SERA PAS CONSIDÉRÉE COMME UN ACTE CRIMINEL...
QUEL RAPPORT AVEC LES BONNES ACTIONS ?
ET DONC ?

C'EST L'HEURE DU NETTOYAGE DE L'ENTREPÔT !
ON Y VA... IL FAUDRA LEUR DIRE...
QU'ON A REMARQUÉ UNE LÉGÈRE ERREUR...
FRRRU
FRRRRUT...
TU T'APPELLES BIEN KASAI, HEIN ? JE TE LAISSE CE CÔTÉ-LÀ.
OK...
HARICOTS ROUGES PÂTISSERIE « MOCHIKKO »
TIENS... « MOCHIKKO »... ÇA ME RAPPELLE DES SOUVENIRS.
TU ES DE LA RÉGION ?
NON...
MAIS LES PARENTS DE MA FEMME NE VIVENT PAS TRÈS LOIN D'ICI...
FRRRUT...

JE VEUX REVOIR MA FEMME ET MA FILLE...
MAINTENANT !!
MAIS VU COMMENT ÇA SE PASSE, JE DOUTE DE SORTIR VIVANT DE CETTE ÉPREUVE
OH ?
FRRRUF...
BEN ALORS, Y A UN SAC TROUÉ !
HARICOTS ROUGES PÂTISSERIE « MOCHIKKO »
SHOOO

MAIS...
ATTENTION !!
PLOMF
HARICOTS ROUGES
PÂTISSERIE « MOCHIKKO »
VOS
SPLOM
HÉ...
TAP
STAP
QU'EST-CE QUI SE PASSE ?!

AÏE...
HA
はっ
OUH... KASAI...
MER...
ÇA Y EST !
VOUS...
ばっ
SAF
VOUS N'AVEZ RIEN ?!
!
NON... C'EST JUSTE... UNE PILE DE SACS QUI NOUS EST TOMBÉE DESSUS...
AH... ET C'EST TOUT ?
HEIN ?

QUEL SOULAGEMENT !
JOURNAL MAINICHI
PRISON À VIE POUR LE TUEUR-DÉCOUPEUR
TODAY DIGITAL NEWS
350
HAJIME KASAI (24 ANS)
LA HAUTE COUR DE TOKYO A TRANCHÉ : HAJIME KASAI, ACCUSÉ DE MEURTRE, DE DÉGRADATION ET D'ABANDON DE CADAVRE, A ÉTÉ CONDAMNÉ À LA RÉCLUSION À PERPÉTUITÉ.
LIRE LA SUITE
CET HOMME EST UN ASSASSIN ! IL A TUÉ UN COLLÈGUE DE SA FEMME ET L'A DÉCOUPÉ...
EN MORCEAUX QU'IL A BALANCÉS DANS LES TOILETTES, VOUS IMAGINEZ ?
VOUS AVEZ EU CHAUD, CHER MONSIEUR !
MAIS...
C'EST... ENFOIRÉE !

FAITES BIEN ATTENTION À VOUS, SURTOUT !
LES INTÉRIMAIRES QUE J'AI AMENÉS AVEC MOI SONT TOUS…
DES INDIVIDUS DANGEREUX CONDAMNÉS À DE LOURDES PEINES DE PRISON !
OOOH
QUOI ?!
DES CRIMINELS ?!
ORDURE… T'ES PAS CENSÉE SABOTER LE…
AU SECOURS ! IL VA ME TUER !
…
SSSST…

NE T'ENFUIS PAS, LE VIEUX ! REMERCIE-MOI, AU MOINS !
BON DIEU, JE T'AI QUAND MÊME SAUVÉ !
CHOP
HI !
PARDON ?!
MAINTENANT QUE TU SAIS QU'ON N'EST PAS DES ANGES...
TU VAS ME TOURNER LE DOS, C'EST ÇA ?!
À... À L'AIIIDE !
MAIS ENFIN !

…
HÉ HÉ… LA JOURNÉE EST PASSÉE SI VITE…
QUE VOUS EN AVEZ OUBLIÉ VOTRE MISSION !
BIEN, IL EST TEMPS DE RETROUVER VOTRE CHARMANTE DEMEURE.
VOUS RIGOLEZ ?! SI ON RENTRE MAIN-TENANT…
L'UN DE NOUS VA ENCORE CREVER !
L'UN DE VOUS ?
?!
OH… VOUS N'ÊTES PAS AU COURANT ?

SI VOUS ZAPPEZ LA BONNE ACTION DEUX JOURS DE SUITE...
L'INTELLIGENCE ARTIFICIELLE ESTIMERA QUE VOUS AVEZ L'INTENTION...
D'ABANDONNER LA PARTIE ET DONC... VOUS SEREZ TOUS ÉLIMINÉS !

QUOI ?!
HEIIIN ?! NON, SÉRIEUX ?!
C'EST PAS VRAI... ELLE MENT !!
ON A MOINS DE 2 HEURES ET DEMIE !
21:38
COMMENT ON VA FAIRE ?! ET VU L'HEURE...
K... KUSUNOKI, ON A UN GROS PROBLÈME !!
?!

C'EST KASAI...
IL S'EST ENFUI !
HAA
HAA
HAA
SDOOOM
QUOI ?!

CHAPITRE 6
KASAI S'EST BARRÉ ?! COMMENT C'EST POSSIBLE ?!
ON S'EN COGNE !
L'URGENCE, C'EST DE NOUS DÉGOTER...
UNE MISSION AVANT DE TOUS Y PASSER !!
BLA
MAIS SANS LUI, IMPOSSIBLE DE FAIRE L'APPEL COLLECTIF...
BLA
NOM D'UN CHIEN ! DANS 2 HEURES, ON EST FICHUS !
TIENS, TIENS... KASAI S'EST FAIT LA MALLE...
ÇA CORSE UN PEU LES CHOSES...

CALMEZ-VOUS !!
JE VAIS CHERCHER KASAI, SEUL !
VOUS AUTRES, ALLEZ EN VILLE POUR...
NOUS SAUVER LA MISE !
21:53
...
JE T'ACCOM-PAGNE, KUSUNOKI.
!

HISTOIRE DE POUVOIR...
ME DÉLECTER DE TA SOUFFRANCE AVANT TA MISÉRABLE AGONIE !
TSS...
J'Y PENSE, KUSUNOKI !!
湖ノ北市街
KONOKITA CENTRE-VILLE
319
湖ノ北I.C
KONOKITA IC
265
J'AI ENTENDU DIRE QUE...
LA FEMME DE KASAI...
ÉTAIT RETOURNÉE DANS LA VILLE OÙ CRÈCHENT SES PARENTS...
IL SERAIT ALLÉ LA VOIR ?
!!

101
FFH
FFH...
ERIKA...
...
C...
COMMENT ÇA ?!

UN ANCIEN COLLÈGUE...
TE TRAQUE ET TE HARCÈLE ?!
IL...
IL EST LÀ, DEHORS...
SHAC
ÉLECTRICITÉ TAGAWA
BRR...
!!
IL EST ENTRÉ CHEZ NOUS PENDANT NOTRE ABSENCE...
IL A VOLÉ MES SOUS-VÊTEMENTS ...
ET IL A INSTALLÉ UN MICRO...

L'ENFOIRÉ !
J'AI RÉUSSI À TROUVER SON ADRESSE...
ET LÀ...
TOM
TOM
HÉ !
C'EST CHEZ MOI, ICI ! DEHORS !
JE RÊVE ?!

JE T'AIME ERIKA
JE T'AIME ERIKA
JE T'AIME ERIKA
A JE T'AIME ERIKA
A JE T'AIME ERIKA
A JE T'AIME ERIKA
ERIKA JE T'AIME ERIKA
AIME ERIKA JE T'AIME ERIKA
JE T'AIME ERIKA JE T'AIME ERIKA
JE VEUX TE FAIRE L'AMOUR
JE VEUX TE DONNER DU PLAISIR,
DES ORGASMES MIEUX
QUE TON MARI
JE M'Y CONNAIS
EN ZONES ÉROGÈNES
JE VAIS TE PÉNÉTRER
DEVANT TON BÉBÉ
JE VAIS TE SODOMISER
MONTRER À TON MARI
TON VISAGE PENDANT
L'AMOUR AVEC MOI
JE T'AIDERAI À DIVORCER
ET JE M'OCCUPERAI DE TO
JE T'ADORE
MON BEL ANGE
TU VAS ARRÊTER ÇA TOUT DE SUITE !!
...
PORTE PLAINTE, SI ÇA TE BRANCHE...
J'ÉCOPERAI DE PAS GRAND-CHOSE. QUELQUES ANNÉES À L'OMBRE, ET ENCORE...
!
MAIS ÇA M'EMPÊCHERA PAS DE SUIVRE ERIKA À LA TRACE !
JAMAIS JE LA LÂCHERAI, ET TANT PIS SI JE DOIS FAIRE DE LA TAULE POUR ÇA !!
UN JOUR, ERIKA SERA À MOI... À MOI !!
GH...

J'AI COMPRIS QUE JE N'AVAIS PAS LE CHOIX : IL FALLAIT L'ARRÊTER.
SI JE NE LE TUAIS PAS...
IL FERAIT SOUFFRIR MA FEMME TOUTE SA VIE !
JE NE POUVAIS PAS...
LE LAISSER FAIRE ÇA !!
SHAC

JE VOUS...
PROTÉGERAI... JE PROTÉGERAI...
MA FEMME... MA FAMILLE...
NOTRE BONHEUR...
CONTRE LUI ! JE VOUS PROTÉGERAI TOUJOURS !
HÉLAS, LA POLICE...
A RETROUVÉ MA TRACE...
HAJIME !
SALLE DES VISITES

PARDONNE-MOI, ERIKA...
HAJIME...
TU VEUX BIEN...
M'ATTENDRE... ?
...
tof...
ス...
OUI... JE T'ATTENDRAI...

JE T'ATTENDRAI AVEC RIN...
ON SERA LÀ, À TA SORTIE DE PRISON...
PLIC
JE SUIS REVENU...
RIN... ERIKA...
DING
ピンポン
MON RETOUR VA LA SURPRENDRE...
ET LA COMBLER DE JOIE, J'IMAGINE ! ALORS, ELLE ME REMERCIERA ET JE SERAI SAUVÉ...
ピンポーン
DOOONG
S'IL TE PLAÎT...
OUVRE-MOI GRAND LES BRAS, MON AMOUR !
CLAC...

OUI ?
...
MAIS...
QUI... QUI ÊTES-VOUS ?!
PARDON ?
C'EST PLUTÔT À MOI DE VOUS...
EUH...
J'AI DÛ ME TROMPER D'APPARTEMENT...
QU'EST-CE QUI SE PASSE, KÔJI ?
AH, ERIKA... C'EST CET HOMME QUI...

ERIKA !
HA... HAJIME ?!
OH, C'EST TON MARI ?!
MAIS... QUE FAIS-TU ICI ?!
ENFIN, ERIKA, JE... C'EST QUI, CE TYPE ?!
CHUT, NE CRIE PAS, S'IL TE PLAÎT !
グイッ
VIENS, ENTRE !
HAJIME, JE VAIS TOUT T'EXPLIQUER...
COMMENT ÇA, TOUT M'EXPLIQUER ?! TU M'AVAIS PROMIS DE M'ATTENDRE, TU AS OUBLIÉ ? TU M'AS TRAHI ?!
HA
MOI ? JE T'AI TRAHI ?

TU NE SAIS PAS COMBIEN J'AI SOUFFERT !
TU IGNORES TOUT DE CE QUE J'AI ENDURÉ !!
ERIKA ?
APRÈS TON ARRES-TATION...
LA PRESSE NE M'A PLUS LÂCHÉE... INTERNET, LES RÉSEAUX... TOUT LE MONDE S'EN EST PRIS À MOI !
AVEC RIN, ON A TRAVERSÉ DES ÉPREUVES TERRIBLES...
MAIS KÔJI, LUI... IL NOUS A ACCEPTÉES, ET MALGRÉ LES CRITIQUES ET LA HAINE...
IL NOUS A PROTÉGÉES, TOUTES LES DEUX.

JE NE VEUX PLUS QUE RIN REVIVE DE DRAMES DE CE GENRE, JAMAIS !!
JE NE VEUX PLUS...
QU'ELLE PASSE POUR LA FILLE D'UN MONSTRE !!
UN...
UN MONSTRE ?
C'EST COMME ÇA...
QUE TU ME VOIS ?
JE SUIS DÉSOLÉE, HAJIME...
MAIS TU ES SORTI DE NOS VIES, À PRÉSENT...

C'EST TERMINÉ.
NE CHERCHE PLUS JAMAIS À NOUS REVOIR !
OH...
NON... NOOON ...
PUSH
VOUS AVEZ COMPRIS ?! FICHEZ LE CAMP ! DEHORS !!
CE SALE TYPE...
JE L'AI TUÉ... POUR TOI... POUR NOTRE FAMILLE !

ET TU ME REJETTES ?!
KHAAAAAAA
FUT...
NON... JE REFUSE...
JE NE LA LAISSERAI... À PERSONNE D'AUTRE !!
NON... NOOON !!
S... STOP !! N'APPROCHEZ PAS !!
GRIP

!!
ÇA SUFFIT, KASAI !
LÂCHE-MOI ! JE M'EN CARRE, DE TA ROULETTE !!
JE VAIS TOUS VOUS BUTEEEER !!
TU VEUX DÉCLENCHER LA ROULETTE DE LA MORT ?!
APPEL
DÉTENU N° 230
REI JINNAI
!

ALLÔ ?! C'EST BON, J'AI RETROUVÉ KASAI !!
ET VOUS ?! DU NOUVEAU ?!
C'EST DÉSESPÉRANT…
LES RUES SONT VIDES, À CETTE HEURE-CI…
ON N'Y ARRIVERA PAS.
SALETÉ !
TIC
23:57
TIC
TIC
TIC
IL NOUS RESTE 3 MINUTES ! UNE IDÉE, VITE !

MOI, JE SAIS QUOI FAIRE : IL TE SUFFIT DE TUER KASAI.
PSST
SA FEMME T'EN SERA PROFONDÉMENT RECONNAISSANTE.
QUOI ?
BOBOM
TU SAIS QUE LA VIOLENCE ENTRE DÉTENUS NE COMPTE PAS.
TU PEUX BIEN TE DÉBARRASSER DE CE TYPE, LA ROULETTE S'EN MOQUE COMPLÈTEMENT !

T... TAIS-TOI, KAEDE !!
TU SAIS QUE JE NE POURRAIS JAMAIS FAIRE ÇA !!
!
ÇA VA DURER LONGTEMPS, CETTE MASCARADE ?
LÂCHE-MOI !!
RHAAAA !!
TU N'ES QU'UN HYPOCRITE... TU BRANDIS L'IDÉE DE JUSTICE...
COMME UN ÉTENDARD, MAIS...
MOI, JE SAIS QUE TU N'Y CROIS PAS.
ASSASSIN !
N... NON !
C'EST FAUX ! JE...
MONSIEUR L'INCARNATION DE LA JUSTICE...

NATSUMI !
WATARU...
TU PEUX M'AIDER ?
HIER, PENDANT UN ATELIER...
ON M'A DEMANDÉ CE QUE JE FERAIS SI JE POUVAIS SAUVER...
TOUT UN GROUPE DE PERSONNES EN SACRIFIANT L'UNE D'ELLES.
JE T'AVOUE QUE JE N'AI PAS SU QUOI RÉPONDRE...
TU AURAIS DIT QUOI...
À MA PLACE ?
SI JE TUE KASAI ET QU'ILS ME REMERCIENT...
ON SERA TOUS SAUVÉS...

DANS CE CAS, JE DOIS...
ON HÉSITE ? POURTANT, TU AS DÉJÀ ÔTÉ LA VIE, NON ?
IL TE SUFFIT DE RECOMMENCER...
VAS-Y, TUE-LE !!
CE N'EST PAS...
GH...
COMME TU AS TUÉ MA SŒUR !!
TIC
TU N'AS PLUS LE TEMPS DE RÉFLÉCHIR !
23:58
TIC

TIC
PLUS...
TIC
QU'UNE MINUTE !
23:59
TIC
DÉCIDE-TOI OU...
TIC
MEURS !
TIC...

DEATH
GAME

POSTFACE

Merci d'avoir lu ce premier tome.
Un manga prévu sur plusieurs volumes exige beaucoup de temps de préparation, entre le lancement du projet et la sortie du livre.
Je suis donc à la fois heureux et soulagé que ce tome soit enfin achevé.
La société connaît bien des remous, bons ou mauvais.
Une fiction reste une fiction, mais son but est peut-être justement de ne pas être forcément utile.
J'espère pouvoir continuer à réaliser d'autres fictions et que vous serez présents pour le prochain tome !

ARATA MIYATSUKI

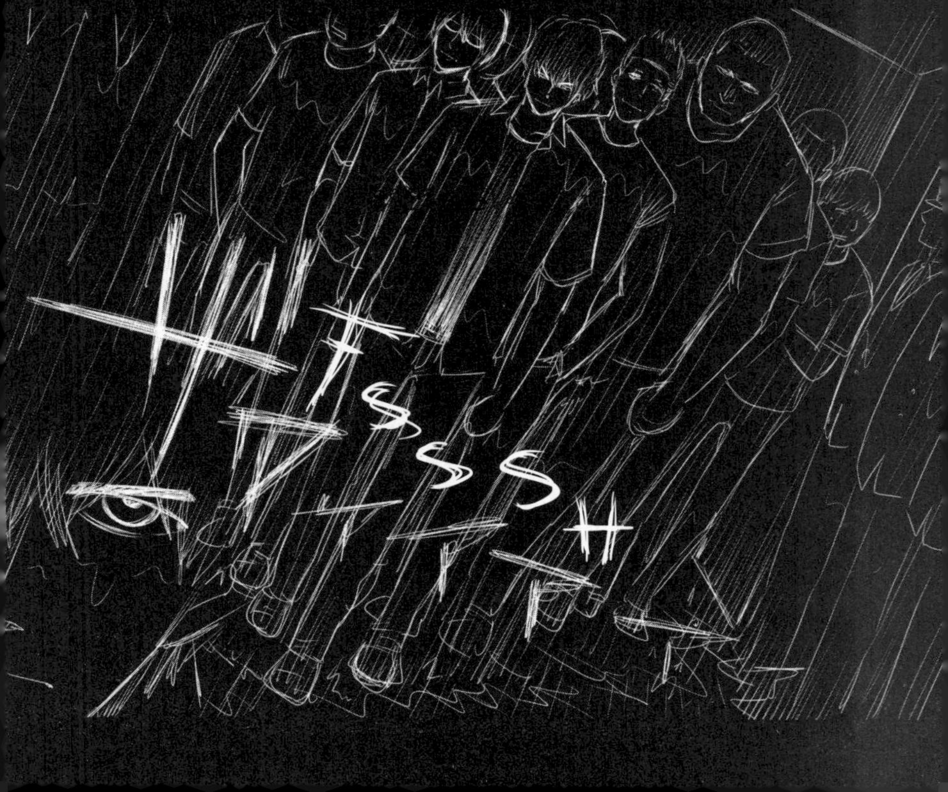

Je suis Motoi Tanaka,
le dessinateur de ce manga.
Merci d'avoir lu ce premier volume.

Je ne suis pas encore habitué aux collaborations avec un auteur et son équipe. Ce travail en lien étroit avec M. Miyatsuki et ses assistants m'a apporté énormément.

En tant que lecteur, j'ai hâte de découvrir comment Kusunoki et ses acolytes vont s'en sortir...
Et en tant que dessinateur,
je vais redoubler d'efforts.

MOTOI TANAKA

CHO-EKI-ICHIZEN
~ SHAKAI NO GOMI DESUKEDO KANSHA SHITEKUREMASUKA? ~
by ARATA MIYATSUKI, MOTOI TANAKA

First published in Japan in 2022 by HAKUSENSHA, INC., Tokyo.
French language translation rights arranged with HAKUSENSHA, INC., Tokyo
through Tuttle-Mori Agency Inc., Tokyo.

Edition française :
Death Game, vol 01

Traduction : Yuki Kaikiichi
Adaptation : Nathalie B.
Correction : Sophie Petitprêtre
Lettrage et création charte graphique :
Erica-Maéva Blasquiz | Atelier de Création Graphique

ISBN : 9782379503733
Dépôt légal : Avril 2024 – D/2024/0089/131

Achevé d'imprimer en France en Mars 2024 par Dupliprint,
733 Rue Saint Léonard, 53100 Mayenne
Suivez-nous sur Facebook / Twitter / Instagram
Vega-Dupuis est un label de Editions Dupuis S.A., rue Destrée 52, 6001 Marcinelle, Belgique